기획의 말

그리운 마음일 때 'I Miss You'라고 하는 것은 '내게서 당신이 빠져 있기(miss) 때문에 나는 충분한 존재가 될 수 없다'는 뜻이라는 게 소설가 쓰시마 유코의 아름다운 해석이다. 현재의 세계에는 틀림없이 결여가 있어서 우리는 언제나 무언가를 그리워한다. 한때 우리를 벅차게 했으나 이제는 읽을 수 없게 된 옛날의 시집을 되살리는 작업 또한 그 그리움의 일이다. 어떤 시집이 빠져 있는 한, 우리의 시는 충분해질 수 없다.

더 나아가 옛 시집을 복간하는 일은 한국 시문학사의 역동성이 드러나는 장을 여는 일이 될 수도 있다. 하나의 새로운 예술작품이 창조될 때 일어나는 일은 과거에 있었던 모든 예술작품에도 동시에 일어난다는 것이 시인 엘리엇의 오래된 말이다. 과거가 이룩해놓은 질서는 현재의 성취에 영향받아 다시 배치된다는 것이다. 우리는 현재의 빛에 의지해 어떤 과거를 선택할 것인가. 그렇게 시사(詩史)는 되돌아보며 전진한다.

이 일들을 문학동네는 이미 한 적이 있다. 1996년 11월 황동규, 마종기, 강은교의 청년기 시집들을 복간하며 '포에지 2000' 시리즈가 시작됐다. "생이 덧없고 힘겨울 때 이따금 가슴으로 암송했던 시들, 이미 절판되어 오래된 명성으로만 만날 수 있었던 시들, 동시대를 대표하는 시인들의 젊은 날의 아름다운 연가(戀歌)가 여기 되살아납니다." 당시로서는 드물고 귀했던 그 일을 우리는 이제 다시 시작해보려 한다.

기획의 말

그리운 마음일 때 'I Miss You'라고 하는 것은 '내게서 당신이 빠져 있기(miss) 때문에 나는 충분한 존재가 될 수 없다'는 뜻이라는 게 소설가 쓰시마 유코의 아름다운 해석이다. 현재의 세계에는 틀림없이 결여가 있어서 우리는 언제나 무언가를 그리워한다. 한때 우리를 매혹시켰으나 이제는 읽을 수 없게 된 옛날의 시집을 그리워하는 작업 또한 그 그리움의 일이다. 어떤 시집이 빠져 있는 한, 우리의 시는 충분해질 수 없다.

더 나아가 옛 시집을 복간하는 일은 한국 시문학사의 역동성이 드러나는 장을 여는 일이 될 수도 있다. 하나의 새로운 예술작품이 창조될 때 일어나는 일은 과거에 있었던 모든 예술작품에도 동시에 일어난다는 것이 시인 엘리엇의 오래된 말이다. 과거가 이룩해놓은 질서는 현재의 성취에 영향받아 다시 배치된다는 것이다. 우리는 현재의 빛에 의지해 어떤 과거를 선택할 것인가. 그렇게 시사(詩史)는 되풀이되며 전진한다.

이 일들을 문학동네는 이미 한 적이 있다. 1996년 11월 황동규, 마종기, 강은교의 첫번째 시집들을 복간하며 '포에지 2000' 시리즈가 시작됐다. "생이 덧없고 힘겨울 때 이따금 가슴으로 암송했던 시들, 이미 절판되어 오래된 명성으로만 만날 수 있었던 시들, 동시대를 대표하는 시인들의 젊은 날의 아름다운 연가(戀歌)가 여기 되살아납니다." 당시로서는 드물고 귀했던 그 일을 우리는 이제 다시 시작해보려 한다.

우울증의 애인을 위하여

문학동네포에지 090

정해종 시집

우울증의
애인을
위하여

시인의 말

내가 없어도 아버지는 있겠지만 내가 없으면 세계는 없다. 아버지는 내 밖에 있고 세계는 내 안에 있다.

내게 있어 시는 그 세계와의 코피 터지는 싸움이고 애증으로 얼룩진 세상과의 질기고도 오랜 연애이다.

사랑의 뒤통수가 고통이란 걸 이제야 깨닫는다. 사랑이 깊어서 우울한 모든 이들에게 이 시집을 바친다.

1996년 입춘 즈음
정해종

개정판 시인의 말

몇몇 발행처를 떠돌던 첫 시집 원고를
다시 펼쳐본다.

행간에 귀때기 파랗던 스무 몇 살 적의 내가 보인다.
그때는 참 철없이, 제멋대로 푸르렀구나.

2023년 깊어가는 가을
정해종

차례

1부 소주병 꼭지에 눈을 대고 세상을 보는 법

쇼윈도의 여자

낯선 거리에서 만난
낯설지 않은 여자
네 이름을 불러주고 싶은데
생각이 나질 않는다
생각이
담배 하나를 다 피우며
한참을 골몰하다
뒤통수를 긁으며 돌아서는 내게
익숙한 동작으로
어깨를 추켜올리며
테이크 잇 이지
가볍게
가볍게
솜털처럼

적멸보궁에 무엇이 있길래

이야기가 월정사 전나무 숲에 이르자
어디서 서늘한 바람이 몰려왔다
증명되지 않는 일상처럼 난감한
밑도 끝도 없는 바람
그 바람의 줄기를 따라
대여섯 시간의 밤길을 달렸다
고백하자면 음주운전이었다
객기 반 취기 반으로 무작정 달려온 길
삶의 어느 순간엔 미치도록
죽음의 언저리를 방황하고 싶은 때가 있다

전나무 숲은 그냥 그곳에 있었다
무얼 어쩌겠다고 이 위험천만한 길을
무작정 달려왔을까
그 어떤 생의 비밀도
숨겨져 있지 않은 이곳, 전나무 숲에 와서
우리가 한 일이라고는 고작
오래전에 떠나간 옛 애인의 이름을
불러보는 일이었다
또 삶의 어느 순간엔 이렇게 대책 없음에
몸 내던지고 싶기도 한 것인가

내친김에 상원사 그 꼭대기까지
뒤늦게 상류로 찾아드는 방탕한 연어처럼

먼지 피어오르는 비포장도로를 거슬러 올랐다
살아온 날들, 살아갈 날들에 대한 추억과 연민
그런 것들로부터 무심하게 돌계단이 있었고
더덕 내음 짙게 배인 새벽안개가 있었다
큰 돌그릇에 넘쳐흐르는 감로수엔
깨달음의 이파리 하나 뜨지 않는데
도대체 바람은 어디서 자꾸 불어오는지

저곳 비로봉 아래 적멸보궁에 이르면
바람의 뿌리를 만날 수 있을까
삶의 근원으로부터 울려오는 비밀한
목소리 한번 들을 수 있을까
옴마니밧메훔, 옴마니밧메훔
밑도 끝도 없이 들뜬 숨만 몰아쉬며
마음의 진신사리를 더듬어보는 것이다
하산하는 사람들의 막막한 표정들을
애써 지우며 적멸보궁에 오르는 것이다

내 마음의 쿠데타

한 나라의 역사가 불미스러운 사건들과
그 후유증의 연속이었으므로
역사로부터 먼 곳을 배회했고,
배회하면서 사랑 운운하지 않은 게
정말 다행스럽다

그대들과, 진정 그대들과 더불어
행복하기를 원했으므로
내 삶을 그대들 쪽으로 가져가고 싶었다
적당히 자리잡고 오랫동안 머물고 싶었다
그러나 불미스럽게도
자리잡고 앉은 곳이 진창이다

한쪽이 다른 한쪽을 버리는 양말짝처럼
고물 트랜지스터의 맞추어지지 않는 주파수처럼
삶은 늘 어긋났고 여전히 불미스러웠으므로,
신물나는 것들엔 기대고 싶지 않았으므로,
걸핏하면 마음은 도덕의 건너편을 쏘다녔고
쏘다니며 쿠데타를 생각했다

문학을 버리고 시를 쓰고 싶은,
사랑을 버리고 여자를 만나고 싶은,
끝내 목숨을 포기하고 살고 싶은……
한 번쯤 죽어라고 살아본 사람만이

굳이 정당하지 않아도 좋은
마음의 전복을 꿈꿀 수 있는 법이다

문간방에서 옥탑으로
옥탑에서 반지하로
이불 보따리를 동여맬 때마다
공화국 하나가 몰락하고 들어섰으므로
자주 옮겨다녔고, 옮겨다니며
죽어라고 살 만한 시절을 꿈꾸었다

회복기의 간을 위하여

새삼스럽게 비가 내린다
별일 아니라는 듯이
신경쓰지 말라고 속삭여놓고
슬그머니 바지 뒤축을 적셔온다

아무 일 없다고 해놓고
속으로 썩어 문드러지는 게 암이다
그냥 저 혼자 깊어지는 게 병 아니더냐고
피식, 쓴웃음 날리며 떨어지는
죽음의 암세포들

우산을 챙겨 오지 못한 건 내 잘못이 아니다
나보다 먼저 죽어간 내 주위의 사람들,
사소한 술주정을 마지막 모습으로 남기고
세상에서 북북 지워져버린
그들의 삶도 내 탓은 아니다

어느 해이고 끝물에 죽어가는 사람들이 있다
폐장한 해수욕장에서 익사하고
꽃샘추위에 동사하는 사람들, 어처구니없는
그 비명횡사들이 알고 보면 죄다
이미 갈 데까지 간, 돌이킬 수 없는 병사이다

비를 맞는다

동아일보사 구관 레인보우 비전이 요약하는
하루와 더불어 내가 젖는다
4천만의 하루가 저렇게 간단하게 처리되는데,
집으로 가는 버스는 쉬 오지 않고
제철 아닌 철에 내리는 비와 나의 늦은 귀가는
좀체 요약되지 않는다

흐르는 명동

취기 탓일까, 명동이 작은 바다로 보이는 것은
소주 댓잔에 내가 취할 리 없고
명동은 그냥 인해(人海)의 명동일 뿐인데,
봐라 소금기 절인 불빛 속을 유영하는
등이 푸른 생선들과 출렁이는 해초 무리

충무로와 한려수도가 함께 흘렀단 말인가
암초와 건물 사이, 건물과 쇼윈도 사이
시류의 비늘을 달고 미끄러져나오는 저 물고기들
꼬리지느러미 흔들며 스쳐지날 때
먼 이국의 해류를 타고 범람하는 샴푸 냄새

어지럽다, 누군가 다가와 옆구리 쿡쿡 찌르며
아늑하지 않으시냐고, 플랑크톤 무성한
이 난류의 흐름이 즐겁지 않으시냐고,
이곳에 살기 위해 일찍이 꼬리뼈 감추고
쉬쉬하며 속삭여오지 않았더냐고

아니다, 이게 아닌데 분명
사보이 호텔 쪽에서 제일백화점 쪽으로
미끈한 산란기의 어족들 사이를 내가 흐른다
직진하지 못하고 자꾸 흔들리는 지느러미
그러니까, 지금, 내가 물고기란 말이지?

튀어나온 눈으로 전후좌우를 살피며
작은 일에도 쉽게 피로해지는 우리들,
남산 저 오색 등대의 불이 꺼지면
유선형의 꿈속으로
누군가 그물을 들고 걸어들어온다

을지로 순환선

구멍난 도시의 심장을 여러분께선
관통하고 계신 셈인데, 관통을
자꾸 간통으로 알아듣는 이가 있다
혀가 짧은 것도 아닌데 순환선을
수난선으로 발음하기도 한다
그는 종일 간통죄 폐지의 거론과
도덕의 수난을 생각하였을 것이다

잠실과 신도림이 은밀하게 연결되었을 때,
그는 처음으로 교통과 고통을 얼버무리고
다 그게 그거라고, 우리말 사전의 몇몇
어휘들은 수정되어야 한다고 우겼다
1990년대에 이르러 그는 문명과 문맹을,
이기(利器)와 이기(利己)를 얼버무려놓았다

이제 그는 없다, 언젠가 그가 바람난 서울을
떠나겠노라 했을 때 아무 말 하지 못한 건
관통과 간통의 일맥상통을,
소득수준과 소비지수가 다른
잠실과 신도림의 은밀한 밀회를
부인할 수 없었기 때문이다

숨막히는 호흡의, 팽창하는 성감의 서울
간통죄 폐지의 거론과 도덕의 수난을

생각하며 마그네틱 테이프 들이밀 때
나는 문명의 진공 속으로 빨려드는
담배꽁초가 되고, 아랫배에 힘주어
바리케이드 밀고 나오면
그렇다, 이건 영락없는 문명과 이기의,
간통

우물 하나

감자처럼, 산줄기에 주렁주렁 매달려 살던 서울특별시 밤골 좁고 구불구불한 골목을 확, 잡아채면 씨알 잘은 50가구가 후드득 나앉을 것 같았습니다 저녁이면 오리를 몰고 집으로 돌아오던 개울이 50가구의 곁을 흐르고, 그 개울을 따라 나는 아카시아 꽃잎처럼 얌전하게 떠내려가고 싶었지요

밤골 사람들 빈 초롱 들고 이른 새벽부터 썩은 나무다리 위에서 삐그덕거릴 때, 덜 깬 잠으로부터 그리하여 너희는 서로 사랑하라고 누군가 중얼거렸지요. 함지박 가득 눈부시게 출렁이는 물덩이, 십일조처럼 떨구고 간 물들이 골목을 적시어놓고 밤골 사람들 마음까지 적시어 놓았지요. 이른 새벽부터 말입니다 채 마르지 않은 하루의 문틈으로 새어나오는 불빛, 어른들이 부끄러운 곳을 씻는다는 희미한 개숫물 소리 머리맡으로 자꾸 들려왔지요. 눈감으면 알 것도 같았습니다 밤골 사람들 쉽게 사랑에 빠지던 이유를

욕심 없는 꿈을 꾼 밤골 사람들 성지순례를 나서듯 이른 새벽 우물가에 모여듭니다 일찍이 가난할수록 줄 서는 일이 힘들다는 걸 눈치챈 것도 영원히 마르지 않는 것들을 믿기 시작한 것도 이 이른 새벽의 우물가에서였지요 그 우물 밀리고 덮이고 지금은 아파트가 들어서 있는데, 한여름에도 결코 바닥을 드러낸 일 없는 투명한 물줄

기는 지금 다 어디로 스며들고 있는지요

구제받지 못할 병동

알 듯 모를 듯한 그림을 앞에 놓고
이게 무슨 그림이게?
배시시 웃으며 당신은 장난스럽게 묻고
나는 재빨리 당신의 빨간 구두 끝
광택 상태로 당신의 심기를 살피고
확률과 추세를 감안해
진지하게 대답한다
주둥이가 긴 오리요!
대답은 가능한 한 분명하게 하는 게 좋다
마치, 처음부터, 모든 걸 알고 있었다는 듯이

물론 틀렸다
그것은 귀가 기다란 토끼였기 때문이다
그렇게 대답하려고 했지만
그렇게 대답할 때마다
당신은 늘 주둥이가 긴 오리라고 했다

둘 중 하나임에 분명한 정답이
매번 빗나가는 이유를 나는 모른다
다만, 빗나갈수록 다음번엔
다음이 아니면 그 다음번엔
꼭 맞힐 수 있으리라는 믿음이
강해진다는 것뿐이다

희망은 그렇게 중독되는 것이다
내가 환자일 수밖에 없는 건
희망을 버리지 못하는 탓이다
희망을 버리지 못하는 한
나는 영원한 환자이며
당신을 부당한 권력자라고는 죽었다
깨어나도 생각하지 못할 것이다

조금만 생각하면 누구나 할 수 있는 거야
다음엔 꼭 맞힐 수 있겠지, 또 봐
당신은 여전히 장난스럽고 사랑스럽다
매니큐어를 칠하며 당신은 돌아앉고
얌전한 환자인 나는 엉덩이에
나른해지는 주사를 한 대 맞고
철커덩— 철장 안으로 들어선다
나의 동료들은 이미 깊이 잠들어 있다

LP 시대는 갔다

짐 모리슨은 갔다
제니스 조플린도 지미 헨드릭스도 갔다
스물여덟인가 아홉인가
짧은 세월 머물다 간 전후의 아메리카
까닭 없이 튀거나 지지직거리는
잡음을 동반하던 그들의 짧은 생애,
충혈된 눈으로 자유와 평화를 부르짖던
그들의 생애가 마침내 던져진 LP처럼
깨져버리고, 그들의 묘지엔 말라비틀어진
안개꽃만이 바람에 쓸리고 있다

짐 모리슨이 처음으로 취입했다는 45회전
도넛판엔 앞뒤로 두 곡이 수록되었는데
이젠 꼭 그만한 크기의 콤팩트디스크에
피자 크기의 LP판에 담았던 전곡을 담는다
까닭 없이 튀거나 지지직거리는 잡음 없이,
쉽게 깨지는 일 없이

LP 시대는 그렇게 물건너갔다
Liberty, Peace…… 이 케케묵은,
먼 훗날 인사동 골목에서나 들어볼
자유니 평화니 하는 것들, 깨지기 쉬운 것들
깨지지 않고는 입에 담지 못할 것들
이제 누가 자유와 평화를, 물건너간 시대의

촌스러운 구호를 외치겠는가
우리가 추억이라 부르는
다시 오지 못할 것들의 아름다웠던 한때,
다시 오지 못할 추억 몇 개를 만들어놓고
LP 시대는 그렇게 갔다
튀거나,
깨지는 일 없이

도마 위에서

여기는 어디쯤일까
날 어쩌자는 것일까
예절 없는 저 초면의 동물들은

나흘이 지났다
동료 몇이 어디론가 끌려갔고
돌아오지 않았다 야만스러운……
법률이 있어도 법이 없고
법을 지배하는 또다른 힘이 있다니

무엇도 기대할 수 없는 순간에
눈을 감았다 그리고 압송되었다
비릿한 죽음의 냄새
꼭 한번 펄떡이고 싶었다

마침내 도마 위에는 대가리만 남아
불거져 나온 눈으로
유린당하는 제 살점 바라보다

자본의 미덕이란 게 이런 것이었구나
꼬리 하나 남기지 않는……
말끝을 흐리며
툭, 끓는 냄비 속에 던져진다

죽어서도 눈감지 못하는 저 두 눈!

K씨의 근황

그대 생각에 잠겨 있다가 자정이 되면 후다닥 이불 속에 그대를 파묻고 잠이 듭니다. 음화를 보다 들킨 아이처럼 말입니다. 기특하게도 K씨의 자명종은 한 번도 제 임무를 소홀히 한 적이 없지요. 일어날 때가 언제인가를 알고 일어나는 자의 뒷모습은 얼마나 아름답냐고 아침마다 속삭이는 징그럽도록 사랑스러운 자명종.

몽정을 한 날 면도를 하다보면 여지없이 살을 베입니다. 하얀 세면대에 뚝뚝 떨어지는 붉은 피, 하루를 여는 의식에 바쳐지는 붉은 피가 聖스럽다못해 性스러워 이른 아침부터 K씨는 누군가를 겁탈하고 싶어집니다. 거울 앞에서 넥타이를 바짝 조여 맬 때마다 대상 없는 누군가를 향해 거수경례를 하고 그에게 모든 허물을 용서받고 싶습니다.

육교 밑을 지날 때, 이따금씩 터져 죽은 고양이의 사체를 만나는 날이 있습니다. 제 운명 무단 횡단하려던 늙고 추한 길고양이였겠지요. 불길함이 소름처럼 돋아나는 그런 어느 아침, 죽겠다고 죽어버리겠다고 한강대교 철제 아치 위에 기어오른 미친놈 하나가 있었습니다. 수만 명의 출근길을 묶어놓은 쳐죽일 놈 결국 죽지도 못하고 구조요원의 손에 끌려 내려오는 그놈을 K씨는 다리 밑으로 밀어버리고만 싶었습니다.

그랬더라도 그만은 K씨의 과실을 용서했을 것입니다.

자리에 앉기 전 화장실 거울 앞에서 넥타이를 고쳐 매며 나태와 무능, 무지와 교만에 대해 고백하고 거듭 용서받고 싶습니다. 그가 원한다면 거울에 머리를 박고 터진 머리통으로 그에 대한 믿음을 증명해 보일 수도 있습니다. 그는 K씨의 일상을 지배하는 위대한 권력자입니다.

암벽에 서다

숲이 밀리고 아파트가 들어서면서
수십 길 콘크리트 벼랑이 생겼다
내가 사는 105동과 벼랑 사이,
한 사람의 희망의 면적만큼
어설프게 볕이 지나가고 나면
온종일 아무 일도 일어나지 않는다
이따금 고양이 울음 같은 바람 소리 들려올 뿐,
면벽의 시간 속으로 고요의 시멘트 한 겹을
더 두르고 그늘이 짙어간다

누구 하나 마음 두지 않는
그곳 어디에 뿌릴 두고 있는지
콘크리트 암벽을 뚫고 나오는 풀들이 있고,
식물도감에서도 본 적이 없는
구리 동전 같은 꽃들이 피었다 지기도 한다
時도 空도 다 굳어버린, 화석이 된
숲의 추억뿐인 막막한 세상에
저 혼자 살아 있다고
바람 불지 않아도 악쓰듯 몸 흔드는,

하루에도 몇 번씩 마음이 벼랑으로 몰린다
수직에 가까운 저세상의 기울기를
바라만 봐도 어찔한데 단 한 번의 실족을
허락하지 않는 콘크리트 바닥처럼

삶은 누구에게나 완고한 법이라며,
너도 이제 30이니
나가서 뿌리내려야 하지 않겠느냐고
누군가 자꾸 등을 떠민다

떠밀려 나온 세상의,
곡예처럼 아슬아슬한 나의 일상에 대하여
실낱같은 뿌리로 암벽을 꽉 붙들고 버티는
꽃들의 짧은 일생은 무어라 말하는 걸까
기적처럼 나비 한 마리 암벽을 거슬러
그 꽃으로 날아들기도 한다
사는 게 다 기적이다

푸른 소주병

파도가 없었다면 바다는 미쳐버렸을 거라는,
미치지 않고서야 가 닿을 곳 없는 망망대해를
어찌 견디겠느냐는 그의 말은 옳다
파고 없는 한 사람의 생애가 그러리라는 게
그의 밥상 위에 소주병이 놓이는 까닭이다
막잔 털고 누우면 그는 한겨울 밤 꿈속에서도
심산유곡 같은 취기의 푸르름에 잠겼다가
깊은 곳에 자맥질 한번 하고는 첨벙첨벙 걸어 나온다

그에게 한 수 배운 게 있다
소주병 꼭지에 눈을 대고 세상을 보는 법,
마음을 비우고 들여다보면 아귀다툼 그칠 날 없던
아현동 뒷골목이 평화스럽게만 보인다
일순, 아현시장 앞에 출렁이는 푸른 바다
생선 가게 위로 갈매기 울음소리 들려오고
빼곡한 가옥들 사이 개미굴처럼 뻗어난 골목들이
죄다 숲으로 난 오솔길로 보인다

부시먼이 콜라 병으로 들여다본 세상의 모습을,
평온하던 사바나의 푸른 초원을 혼란으로 몰고 갔던
콜라 병의 위력을 나는 모른다, 그러나 한때
불을 품고 파열하는 뜨거움을 보여주었던 소주병
제 속에 파도를 키우며 짧은 생애를 넘실거리는,
갈매기 울음소리를 들려주며 내 생의 안부를 묻는

너의 푸른 몸, 네 몸이 푸른 이유를 이제 알겠다
거기에 꽃 한 송이 꽂아 창가에 놓아두고 싶다

무너진다

뼈대 없는 것들은 죄다 무너진다
와우아파트가 그랬고 휴거론이 그랬다
뼈대가 있되 골다공증을 앓는 것들도 결국 무너진다
성수대교가 그랬고 소비에트 연방이 그랬다
뼈대가 아닌 걸 아무리 통뼈라고 우겨도
여지없이 무너지고 만다
삼풍백화점이 그랬고 군사 정권이 그랬다

밥상 위에 오른 청어의 잔가시를 조심스럽게 골라내며
잔뼈들로 견뎌왔을 청어의 일생과 용케 자빠지지 않는
두 발 짐승의 아슬아슬한 보행법을 생각한다
심해의 수압 속에서 청어가 유연한 몸매를 길러온 것처럼
살아 있는 것들은 살아 있음의 하중을 견디기 위해
끊임없이 제 몸을 다듬는다

밥상처럼 네발로 버티던 원인류가
돌연 두 발을 들었던 건
머리를 하늘 쪽으로 두고 싶었거나,
그리하여 신과 더욱 가까워지고 싶었거나
차포 떼고 살아도 될 만큼 세상이 만만해서였겠지만
난 그 두 발을 다시 내리고만 싶다

밥상이 빈약할수록 가문의 뼈대를 강조하시는 아버지

이 땅에 성골, 진골 자손 아닌 사람이 어디 있겠습니까
그러니 이제 고백하십시다
몰락한 집안의 대책 없는 어른들이 되어서
세월의 속도를 견디는 것만도 죽을 맛이라고
참을 수 없을 만큼 존재가 무거운 건진 몰라도
이 더딘 생이 이미 충분히 버겁다고
차라리 두 발 내리고 컹컹 짖어버리고만 싶다고

당연한 일

세상엔 당연히 일어날 일 외엔
어떤 일도 일어나지 않는다
마땅한 이유 없이 헤어지는 연인이 어디 있으며
까닭도 없는 싸움이 왜 일어나겠는가
당연하게 주저앉아버릴 것들이 무너져내리고
폭락해야 할 주가와 폭등해야 할 물가의
오르내림이 또한 당연하고
유유상종으로 헤쳐 모여를 거듭하는
정치권의 이합집산이 너무도 당연하니
세상 모든 게 당연지사이다

출세의 길은 그러니까 당연히 일어날
일에 대해 남들보다 앞서 준비하는 것이다
알고 보면 별것 아니다
어제 본 재방송 드라마를 꾹 참고
하루 세 번씩만 더 보는 일
진부함을, 진부함의 지겨움을, 진부함의 고통을
견디는 것, 그것이 출세의 길이다

다시 한번 말하지만
세상엔 당연히 일어날 일 외엔
어떠한 일도 일어나지 않는다
의외의 일이란,
우매한 인간들이 자신도 예상 못할 일들을

벌여놓아 빚어지는 난센스에 다름아니다
제가 벌여놓은 일들로 전전긍긍 불편한 생을
사는 동물이 인간 말고 또 있으랴
생활이 편리해지면 인생이 불편해지듯
살아온 만큼 불행한 것도 당연한 일이다

누군가 보고 있다

어둠에 몸을 묻고 두 눈을 반짝거리며, 혹은
창밖을 어슬렁거리다 힐긋힐긋 창 안을 살피며
내 동태를 주시하다가 단꿈에 젖어들 무렵
자지러지게 애 울음소리를 퍼붓고 가는 늙은 암고양이
누군가, 또는 무엇인가 내 삶을 훔쳐보고 있다는 게
죽지 못해 사는 것만큼 치욕스럽다

생의 막다른 골목으로 몰려서
쓰레기통에 머리통 처박지 못하고
누군가와 마주칠까 눈치를 살피다
숨죽이며 굽은 골목길을 거슬러 내려올 때,
어두운 쪽으로만 몸을 옮기다
덜컥, 보안등 아래 전신이 드러났을 때의 참담함

칵, 뒈져나 버릴걸
그렇게 생각하면 죽음도 그렇게 친근할 수가 없는데
살아서 출근했다가 돌아오지 않으면
그게 죽음일 것 같은데
술에 곯아떨어졌다가 다시 일어나지 않으면
그게 또 죽음일 것 같은데
죽음의 길은 사막 몇 개를 건너는 것보다 멀다
허우적거려봐야 다리 한 짝 숨길 곳도 없는 사막

고양이가 기웃거린 날은 여지없이 가위눌린다

밤새 누군가 다녀간 흔적, 의식과 무의식 사이
삶과 죽음 사이의 이 헐렁한 상실감
내 삶의 항법 장치를 누가 떼어간 것일까
절도 혐의를 덮어씌우고 보이지 않는 곳에서
조직적으로 개입하고 관리하는 자 누구인가
일탈에 고통이 따르는 건 누군가 보고 있기 때문이다
좁은 철창 너머로 문득문득 해가 뜨고 달이 뜬다

가을, 저물녘

늙은 선생의 손가방에 든
구기면 바스라질 듯
누렇게 탈색한 2백 자 원고지
모로 세운 그곳에
옥석을 가려 선생은
3행 3연을 담는다
시 한 수 담고도
빈 칸이 이렇게 남으니
더 무엇을 바라겠느냐

잠이 꿈의 방이 아닌 것처럼
말이 시의 집이 아닌 것처럼
넘칠수록 부족하고
없을수록 충만한 것들이 있어

별, 바람, 낙엽……
이 흔해빠진 것들로도
가을이 온통 차고 남아서
10×20 칸칸마다
숨어서 귀뚜라미가 운다

2부 빈 구루마 같은 생의 눈물겹도록 텅 빈 한순간

동사무소에서

출근 지옥철 같은 저 철제 캐비닛
그 속 어딘가에 숨막히게
아버지가 계시고 내가 있다
이마에 수입 인지 붙이고
철인에 눌린 나의 일상이
막 떠밀리고 있는데
어, 아버지께선 또 어디로 밀려가셨나

그곳에 가고 싶다

내가 한 번도 해보지 못한 반장이란 걸 도맡아 하던,
언제나 타의 모범이었던 조카 녀석이 어느 날
등교를 거부한 채 집을 뛰쳐나갔다
이해되지 않는 속박과 강요를
제딴에는 견딜 수 없었던 것이다

학교에서는 어허 어째 이런 일이
하면서 연신 생활기록부만 뒤적였고,
방범대원들은 끌끌 혀를 차며
늘 다니던 순찰 코스를 돌았고,
이웃들은 쉬쉬하면서도
어딘가에 모여 수군거리는 모양이었고,
친지들은 모든 게 하늘에 달렸으니
열심으로 기도하자고 했고,
형수는 머리에 물수건을 얹고
하루가 다르게 폭삭폭삭 늙어갔다

이놈 정말 뛰쳐나가고 싶은 게 누군데
어디 들어오기만 해봐라, 씩씩거리며 벼르다가도
그래 들어오기만 하면……
적당한 때를 봐서 같이 튀자
동네 주변을 어슬렁거리며, 공원이나 배회하며
애꿎은 사람들 속 태우지 말고 멀리
아주 멀리, 세상이 보이지 않는 곳이나

세상이 한눈에 내려다보이는 곳으로,
단숨에

일주일 만에 돌아와 풀이 죽어 있는 조카와
철없는 삼촌이 아침 밥상에 마주앉는다
무언가 할말을 못하고 있다는 듯
공연히 국그릇만 휘젓다가, 적당한 때를 생각하며
조카는 학교로 가고 철없는 삼촌인 나는 회사로 간다

훗날 조카가 삼촌이 되고 내가 애아버지가 되어서
또 어느 밥상머리에서 꿈꿀지도 모르는
세상이 보이지 않는 곳,
세상이 한눈에 내려다보이는 곳

양변기에 정좌하고

휑한 벌판에 연로하신 석탑 두 개
나머지는 온통 바람이었다
감은사지, 그 먼 곳까지 찾아가서 휑하게 바람맞고
경주 시내로 들어오니 속이 심란하다
천마총 오른쪽으로 기와 얹은 화장실이 하나 있는데
시에서 지정한 으뜸 화장실이라고 한다
칸칸이 공중전화 부스만한 그곳에 드럼통 같은
외국인들은 어떻게 엉덩이를 걸쳤을까 몰라
양변기에 정좌하니 코앞이 벽인데
면벽하고 무념무상에 드니 계림의 매미 소리 들려온다
이거야말로 도 닦는 기분이지 싶다
마침내 득도하고 물을 내리는데 그 벽 한구석에
반쯤 지워진 고대의 글씨처럼 희미하게
이렇게 씌어 있었던가
　　세월의 오고감이 다 부질없으니
　　찬찬히 쉬어 가이소마
　　속일랑 남김없이 다 비우시고……
이게 신라인의 마음인가는 몰라도
세월의 오고감이 그렇게 부질없는데
왕복 티켓이 없는,
어차피 편도에 불과한 인생을
언제 다시 와 확인하겠다고
나 여기 왔다 간다—고
감은사지 삼층 석탑엔

누가 돌로 북북 그어놓은 것일까
남김없이 비운 속으로 휑하니 바람 분다

열대성 저기압

—낮잠

함부로 잠이 들었다 사타구니를 긁으며
고온다습한 일상의 허드레 것들
베개 삼는 일이 이렇게 즐겁구나
그래그래 영광은 당신들 차지고
안식은 나의 몫이지
승률 조작된 이 노름판 같은,
에라 일찌감치 손 털고
무노동 무임금의 잠 속으로
공수래공수거 공수래공수거……
빈 구루마 같은 생의
눈물겹도록 텅 빈 한순간

집착을 방생하면 방심이 되는지
빼끔 열린 의식의 문틈으로
들이치는 게릴라성 소나기
일제히 방아쇠를 당기는
조직의 하수인들
잠시 세상을 방기한 죄로 두개골에
구멍이 뚫리고 뚫린 구멍으로
안식의 살인 꿈과
안식의 피인 사랑과
안식의 뼈인 추억이
죄다 빠져나가고
허겁지겁 양말 한 짝을 벗어 틀어막으며

두 손 두 발 다 들고 잘못했어, 잘못했어
빈 구루마 같은 생의 눈물겹도록 텅 빈 한순간
세상을 베고 잠시 잠이 들었을 뿐이고
열린 창틈으로 비가 들이쳤을 뿐이다

열대성 저기압

—폭우

이 비 그치고 나면 감언이설처럼
하늘은 잠시 맑은 낯빛을 보여주고
9시 종합 뉴스에서는 남산에서 바라본
가물거리는 인천 앞바다를 클로즈업할 것이다
속지 마라

애국가에 나오는 남산의 그 소나무들이
살 만해서 한 무더기 솔방울을 이고 있다고,
지난여름 한철을 하늘이 맑아서
매미가 그렇게 시끄럽게 울었다고
애교스럽게 얘기할 땐 정말 그런 줄만 알았다

가령, 해방촌에서 남산3호터널로 진입할 때
잠시 이 숨막히는 세기말의 터널을 지나고 나면
그곳에 밝게 터져나올 것 같은 21세기의 명동,
신세계백화점 앞쯤에서 새로운 세계가
펼쳐질 것만 같았는데

왜 이리 무겁고 어두운가
이유도 없이 마음의 바닥은 왜 쩍쩍 갈라지고
시간의 틈새마다 왜 먼지만 피어오르는가
그러니

비,

석 달 열흘만 더!
이 지독한 마음의 가뭄
갈라진 모든 틈새로 스며다오, 그게 아니라면
내게 그냥 손 털고 드러누워도 좋은 명분을 다오

열대성 저기압
—흐린 날

흐린 날 경복궁엘 가면 잔디를 밟지 말라는 팻말 너머 비둘기 몇 마리 이슬을 쪼아먹고 있다. 아직도 세상은 살 만한 거라고 믿고 있는지 이끼 낀 석등 머리에 앉아 평화롭게 똥을 누기도 한다. 일상 밖에선 새똥도 아름답게 보이는 법이라고 쑤알거리며 석등 머리를 쓰다듬고 가는 이국인들. 그래 석등 구멍으로 보면 태평로가 비단길로 보이기도 하고 목탁 구멍으로 우주를 보았다는 땡초의 말이 곧이들리기도 한다.

흐린 날 경복궁엘 가면 문화재관리국 앞 박달나무가 저려오는 사지를 어쩌지 못하고 바람결에 한숨을 풀어놓는다. 죽어선 근정전 기둥 하나가 되어야지, 잊혀진 왕조의 추억을 더듬다가 조금 더 바람이 불면 와르르 눈물을 쏟아놓는다. 이렇게 마음놓고 한번 울어보는 것도 다 날이 흐리기 때문이다. 잘 봐라, 흐린 날 박달나무는 바람에 흔들리는 게 아니라 제 스스로 어깨를 들썩인다.

흐린 날 경복궁엘 가면 조무래기들을 따라다니며 팝콘이나 주워먹던 비둘기들이 이슬로 배를 채우고 석등 머리에 앉아 사람 구경을 한다. 흐린 날 경복궁에는 여지없이 바람이 불고 바람 속에서 호흡지간의 일들에 잠겨 있는 늘그막의 박달나무. 흐리고 바람 부는 날 박달나무 아래서 나는 잠시 세상 밖의 세상을 본다.

Untitled, 1995

길을 가다보면
아직도 바닥에 주저앉아
혁필화를 그려 파는 이가 있다
그렇고 그런 이름 석 자 위에
꿈같은 세월의 몽유도원도를 그려주고
일금 5천 원

나도 종로나 광화문 어디쯤 주저앉아
그대 이름 위에 무지개를 걸어주고 싶다
그대의 인생을 꽃으로 덮어주고 싶다
그대가 쥐여주는 5천 원으로
하루를 연명한다면 그대는 또 어디쯤에서
무지갯빛 환한 명함을 내미실지

사랑이란 게 다 그렇고 그런 것이어서
한 사람의 생애라는 것도 알고 보면
닮고 닮은 이름 석 자 같은 것이어서
쓰린 속을 달래며 해장국집을 찾아가듯
우리는 어디로든 가고 싶은 것이다

세상이 나를 사랑하사

그녀는 잠시 화장실에 갔을 뿐이다
양변기 위에 앉아 울리는 전화 벨소리를 세고 있었을 뿐이다
그녀는 편의점에 담배를 사러 나갔을 뿐이다
나선 김에 스타킹과 우유, 생리대까지 사들고 왔을 뿐이다
— 그녀는 집에 없다

그녀는 마돈나의《에로티카》를 걸어놓고 춤을 추었을 뿐이다
미친듯이 몸 흔들다 샤워를 하러 들어갔을 뿐이다
쏟아지는 물줄기에 유쾌하지 못한 기억들을 씻어내고 있었을 뿐이다
— 그녀는 지금 집에 없거나, 다른 남자와 함께 있는지도 모른다

피곤해진 그녀는 일찌감치 안경을 벗고 누웠을 뿐이다
좀더 편안한 휴식을 위해 전화 코드를 뽑고 베개에 머릴 묻었을 뿐이다
꿈속으로 근사한 남자가 방문해주길 기대하며 깊이 잠들었을 뿐이다
— 그녀는 집에 없거나, 세상에 없는지도 모른다

그녀가 전화라도 해준다면 고마워, 정말 고마워

달려가 발바닥에 입이라도 맞출 텐데 그녀는 집에 없고,
다른 남자와 있는지도, 세상에 없는지도 모른다
어제와 오늘 사이엔 어떤 일도 일어나지 않았고
그녀는 단지 전화를 받지 못했을 뿐이다
불통(不通)은 불화(不和)이고 부재(不在)이다, 처음부터 불통이었으므로

어떤 풍경

누군가 소리소문 없이 세상에 등돌리고
좁은 골목길을 영구차가 빠져나갈 때
에라 모르겠다는 저 대성통곡과
쯧쯧, 죽어라 고생만 하더니, 하면서
슬몃 제 옹이 박힌 손등 바라봄과
난 모르겄소, 멀뚱멀뚱 눈물 고이는 하품 사이에
먹다 남은 생선처럼 비릿하게
저들과 저의 생이 있고요
드러난 생선뼈 같은 고욕의 날들이 있습니다

지난여름 백담계곡 청청한 물에
머릴 헹구며 열망의 비듬들 흘려보낸 후론
이명주에 귀가 밝아지듯 머리가 맑아지데요
텅 빈 갈빗대 사이로 바람이 들어
헤헤거리며 지나왔지요, 여기까지

딱딱하게 굳어버린 상처를 아시느냐고
팔 하나 잘린 사람이 껌을 권합니다
일금 5백 원에 이해해버린 생면부지의 상처,
이왕이면 풍선껌이었으면 좋았을 것을
세상일들이 풍선껌만 같은 오후입니다
성미 급한 누군가가 또 밥숟갈을 집어던지는지
와장창, 한 사람이 돌아눕는 소리 들리고
누구의 생인들 시한부가 아니겠느냐는 듯

미친 여자가 지나며 가볍게 미소 짓습니다

조롱받는 열반

세상 소풍 끝낸 시인이 손바닥 털고 하늘로 돌아가자
그래 갈 줄 이미 알고 있었다는 듯
서점은 일제히 시인의 코너를 마련했고
빈소는 그의 생처럼 헐거웠다고 했다

바람 차갑던 영결식에 갔다가
맨땅에 헤딩하듯 무참하게 절만 하고 왔다는 후배가
그놈들 하나도 안 뵈더라고 불쾌한 얼굴로 목청 높일 때
키득키득, 등뒤에서 누군가 웃고 있는 것만 같았다

때 절은 손바닥에 지폐 한 장 올려본 적 없는 이들이
인사동 술집에 모여 그 사람 나 아니었으면
1년은 먼저 갔을 거라며 애도의 술잔을 부딪치는데
그의 집 아궁이에서 돈다발이 타는 사연을 아는지 모르는지
키득키득, 어디선가 자꾸 웃음소리가 들려왔다

큰스님께서 열반에 들고 다비식이 끝나자
석간 5단 통광고에 환생하신 스님께서
떠억, 책 한 권 들고 나오셔서
돈오돈수!
특히 돈자에 힘을 주어 모델로도 손색없으심을
일갈하는데, 죽음만큼 훌륭한 상품도 없다고,

무욕의 일생도 포장하면 황금을 낳는다고 키득키득……

누구인가!
지나간 연대의 곳곳에 잠복해 있던 검은 안경의 사내들은
분명 아닌데, 보이지 않는 곳에서
죽은 자와 죽지 않은 자들을 끊임없이 조롱하며,
은밀한 수신호로 죽음의 이마 위에 값을 매기는 무리
알게 모르게 우리를 영원한 죽음으로 끌어들이는
정체불명의 세력

4월이면 바람나고 싶다

우수 경칩 다 지나고
거리엔 꽃을 든 여인들 분주하고
살아 있는 것들 모두 살아 있으니
말 좀 걸어달라고 종알대고
마음속으론 황사바람만 몰려오는데
4월이면 바람나고 싶다
바람이 나도 단단히 나서
마침내 바람이 되고 싶다
바람이 되어도 거센 바람이 되어서
모래와 먼지들을 데리고 멀리 가서
내가 알지 못하는 어느 나라
어느 하늘 한쪽을
자욱이 물들이고 싶다
일렁이고 싶다

세상의 어떤 이면

이월된 피로를 걸치고 뛰어나갔던 몸이 돌아와 눕고, 낮잠에 빠져 있던 정신이 일어나 슬그머니 문고리를 비튼다. 빈 서랍 같은 꿈속으로 자꾸 졸음만 몰려오고 생각 없는 생각 속에서 몸이 돌아누울 때, 낮잠은 몸에 해로워…… 중얼거리며 갈 곳 없이 배회하는 정신.

불화는 피로를 낳고 피로는 권태와 환멸을 낳고 권태와 환멸의 가랑이에서 죽음이 태어난다. 그러니 죽음이 코앞이로구나. 다시는 부활하지 못할, 다시는 환생하지 못할, 절망도 희망도 고통도 초월도 없는, 그러나 어쩔 것인가 이미 몸을 잃은 정신과 정신으로부터 달아난 몸.

새벽이면 정신은 이슬에 젖은 채 돌아와 누울 것이고 오래된 습관처럼 아침은 올 것이다. 요즘 왜 이리 정신이 없을까…… 메아리만 울리는 빈 항아리 같은 생각 속에서 또 습관처럼 덜 풀린 피로의 옷을 걸치고 뛰어나가는 몸. 그렇구나 불화는 습관의 사생아로구나.

세상의 어떤 이면에는 바늘 가는 곳에 실 가듯 몸 가는 곳에 마음 가고 마음 가는 곳에 몸도 가는 길이 있을 것이다. 그 믿음으로 요즘 내 눈은 자꾸 옆으로 돌아간다.

장군님 다리는 숏다리

공기도 안 좋은데 거긴 뭐하러 올라가 계세요?
라고 술 취한 친구 하나가 여쭈었더니
남이사, 하고 짧게 대답하시더란다
차량의 통행이 한적할 때 재빨리 좌우를 살피시고는
재채기를 하시기도 하더란다
지금은 광화문 일대 교통의 흐름을 관장하고 계신
이순신 장군 이야기다

남포동 거리를 배회하다 용두산 공원에 올랐더니
출퇴근길에 뵙던 장군님께서 그곳에 와 계시다
광화문에서 뵈었을 땐 오른손에 칼을 쥐고
계시더니 이곳에선 왼손에 쥐고 계신다
가끔씩 손발이 저리시는 모양이다 풍(風)인가?
머리엔 비둘기 똥까지 뒤집어쓰시고
군기가 팍 들어간 부동자세로 자갈치 시장 쪽을
멍하니 바라보고 계신데, 아베크족이 갈수록
대담해져 시선 처리가 몹시 곤란하신 모양인데,
저러시고도 한려수도를 호령하셨을까 싶은데

상반신과 하반신의 구분이 불가능한 몸피와
딱 떨어지는 5등신에 짤룩한 숏다리까지,
필시 장군 출신 어느 대통령의 안목이거나 그 밑에서
눈칫밥으로 출세한 관료의 공과이겠지 싶은데
성공한 쿠데타는 평생 애프터서비스를

보장받는다고 낄낄거리는 장군 출신들에게
고연 놈들, 장군이면 다 같은 장군인 줄 아느냐!
밤마다 호통깨나 치셨을 법도 하다

얼굴을 씻다

이상하다
거울을 보면 내가 보이는데
물을 보고 있으면 내 속이 보인다
투명한 것들은 속도 없이
제 속을 훤히 드러내지만
정작 제 것은 보여주지 않고
남의 속이나 들추어내는 것이다

물을 바라보고 있으면
나는 가만있는데
가만있는 내가 자꾸 흔들린다
모른 척하고 싶은 저 찌그러진 얼굴
그러니까 저 얼굴이 나의 이면,
내가 볼 수 없는 내 뒤통수란 말이지

사랑의 뒤통수는 고통이다
고통스럽지 않으려면
사랑하지 않을 일이다
보이지도 않는 것에 함부로
마음 주지 않을 일이다
그러나 집요하게 내 모가지를 잡아
흔드는 끝내 외면할 수 없는 것들

얼굴을 씻는다

피가 배이도록 문질러도 모자랄
허물이 벗어지도록 비벼도 시원찮을
말없이 흔들리고만 있는 저 찌그러진 얼굴
두 손에 퍼 담아 얼굴을 씻는다
그러려니 할 수 없는 게 사랑이다

그 섬에서 보낸 한철

바다에 나포된 조그만 땅덩어리
내가 어쩌다 그 섬에 들어서게 되었는지
아무리 생각해도 알 수가 없다
우연에 지나지 않는 일이었을 것이다
난감한 일은 우연히 발생하므로
더욱 난감하다

그냥 섬이라 불릴 뿐,
달리 이름도 없는 섬
그 섬의 모든 길은 바다에 닿아 있다
바다의 초병인 물새들이
공중을 선회하며 그 길들을 지키고
바다는 때때로 안개를 피워올려
순식간에 모든 길을 숨긴다

물새들은 모르겠지만,
모르는 척하는 건지도 모르겠지만
몇 번인가 물새들의 감시를 피해
몸을 낮춰 도망을 치려다
바다에 들킨 적이 있다
얼마나 막막했던지,
차라리 몸 던지고 싶었던 심정을
물새들은 모를 것이다
끝이 안 보이는 것들의 두려움을

물새들은 아는지 모르는지

어떻게 그 섬을 빠져나오게 되었는지
도무지 기억이 나지 않는다
아마 어둠을 이용했을 것이다
바다, 끝이 보이지 않는 그 앞에서
절대의 고독으로 보낸 한철
그 피치 못할 절망이
어쩐지 내 최초의 경험인 듯도 하고
그 섬이 고향인 듯도 하고

성년의 강

성년에 이른다는 것
온몸으로 모래의 늪을
하나 건넌다는 것
몸이 절반쯤 빠져들 때
손목, 발목을 잡아끌던
이승과 저승의 귀신들

어른이 된다는 것
알몸으로 더러운 강을
하나 건넌다는 것
주섬주섬 옷을 챙길 때
엉덩이며 겨드랑이에 달라붙어
피를 빨던 살찐 거머리들

젊어서 마음을 다친 사람은
몸에 기대어 평생을 산다
어른에게 몸이 허락된 건
훼손된 마음에 대한 보상이다
진통제 먹고 잠시 두통을 잊듯
몸 섞고 잠들면 세상은 또 잠시
평온할 수도 있기 때문이다
두통은 어른들의 지병이다

이른 저녁부터 지병이 도져

밤새 관자놀이만 찍어 누르다
어둠보다 막막한 새벽을 맞는다
눈물겹다, 마음은 낳지 않고
몸만 축나는 이 더러운 세속의 삶
신이여, 나를 그대 뜰에 방목하시어
용서와 화해의 푸른 풀밭에 놀게 하소서
아니면 멀리 방생하시든지,
신경 끄시든지

새로운 불면

키만 누르면 제 속을 다 드러내 보이는,
그러면서도 어딘가에 풀 수 없는 암호의
밀실을 숨겨놓고 있는,
간이고 쓸개고 다 내줄 것처럼 굴다가
수틀리면 한순간에 모두 날려버리는,
열두 달 할부로 들여놓은 머리말의 486SX
영악할 대로 영악해진 저놈을 믿을 수 없다

캄캄한 화면을 확인하고 나는 자리에 눕고
486SX는 캄캄한 내 눈을 확인하고 슬며시 눈을 뜬다
영상으로 판독된 내 뒤척임 속의 암중모색이,
부질없는 몽상과 욕망들이 모니터에 나타나고
동시에 중앙기억장치를 통해 인터넷에 연결된다
5공(共)식으로 말하면, 중앙정보부 보고를 거쳐
인터폴에 내 꿈을 공개하는 것과 같다
돈에 환장한 놈들이 공개된 자료를 떠다가
싸구려 코미디나 포르노물로 각색해
질 나쁜 비디오 업자들에게 넘기고
불법 복제된 테이프들이 신주쿠의 뒷골목에서
은밀하게 거래되어 국제적인 망신살이 뻗칠 때,
아냐, 난 아냐, 하고 식은땀을 흘리며
밤마다 벌떡벌떡 일어나는 것이다

개들의 습격

개들이 사라지기 시작했다
무슨 이유에서인지 몰라도 언제부턴가
개들이 주인을 버리기 시작한 것이다
반려견을 찾는 광고가 전봇대와 담벼락,
공공기관의 게시판을 가득 메웠지만
사라진 개들은 결코 돌아오지 않았다
개들의 행방에 대해 경찰청 특별수사대는
오리무중이라고만 했다
다만, 분명한 것은 개들의 사회에
이상한 조짐이 일고 있다는 것뿐이다

소문에 의하면,
깊은 밤 근교의 능선을 타고 은밀히 이동하는
들개 무리가 관측되었다고도 하고
몇몇 마을의 양계장이 들개떼의 습격으로
아수라장이 되었다고도 한다
또 어디에서는 밀렵꾼이 들개로 보이는
이빨이 날카로운 짐승에게 당했다는 얘기도
들려오는데, 확인된 것은 아니지만
밀렵꾼의 살점이 심하게 뜯겨나갔다고 했다

비가 쏟아지는 깊은 밤
이따금씩 개들이 술 취한 사람들의
흐릿한 시계(視界) 속으로 출몰했다

어둠 속에서 두 눈을 번뜩이며 무언가를
살피다가 사라져갔지만, 빗속이었으므로
개들은 어디에도 발자국을 남기지 않았다
어떤 행동심리학자는 개들이 생각을 시작했노라고
호들갑을 떨었고 성급한 일간 신문들이
개들의 집단행동을 대서특필했다
모란시장 냉동 개고기 값이 폭등하고
중국산 개고기와 북한제 단고기 통조림이
수입되기 시작한 것도 이 무렵이었다

조직적으로 대항하는 것들을
적으로 규정하는 데 익숙해져온 관료들은
수도권 일대에 특별 비상경계령을 선포했고
무장한 전투경찰단과 수도방위사령부 소속
부대원들을 수색 작전에 투입했다

깊은 밤 간간이 총성이 들리고
이튿날 아침 뉴스에 널린 개들의 시체를 배경으로
기념 촬영하는 군인들의 모습이 방영되었다
개들은 더욱 깊숙한 곳으로 들어갔다고 했다

사람들이 더이상 개들의 행방에 관심 두지 않던
어느 날, 불쾌한 얼굴로 보신탕 집을 나서 골목에
방뇨하던 경찰청 고위 간부의 노출된 성기가 물어

뜯긴 사건을 시작으로 개들의 습격이 시작되었다
날카롭게 자라난 이빨과 붉게 빛나는 두 눈,
개들의 몸집은 송아지만큼이나 자라 있었다
방송국과 관공서, 심지어는 교회와 지하철에도
개들은 예고 없이 출몰했고 순식간에 사라졌다
기습당한 모든 곳에선 불길이 솟아올랐다

마비와 불통의 혼란 속에서 군대가 출동했고
비상사태를 이유로 계엄령이 선포되었고
또다시 총성이 울렸고, 참혹했다, 겁에 질린
사람들이 일찌감치 소등하고 문을 닫아걸었고,
개 대신 몇 사람이 죽어나갔고, 개들은 일제히
잠적했지만 군인들은 여전히 남아 있었고,
곧 정권이 바뀔 것이라는 풍문이 돌았다
개들은 언제든 다시 올 것이다 깊은 산속이나
한적한 공원, 하수도 콘크리트 터널과
버려진 건물의 지하실 같은 곳에 잠복해 있다가
탐욕과 부조리로 피로에 지친 사람들이 긴
섹스를 끝내고 잠든 사이 커튼 뒤에서
붉은 두 눈을 반짝이며, 두 눈을……

3부 포플러 숲은 베어져 젓가락 공장으로 실려갈 테지만

텍사스는 서울에 있다

—파리 텍사스

파리는 프랑스에 있지 않고
미합중국 텍사스주
모자브 사막 한가운데 있다
사막 한가운데에서 길을 잃은 한 사내가
물, 물, 물 들리지도 않는 소리를 지르다
커다란 선인장 그늘에 쓰러져 잠이 든다
그의 살갗이 사막처럼 버석버석하다
사막은 그의 내부에도 있다
파리는 텍사스에 있고
텍사스는 서울에 있다
모자브 사막 선인장 그늘 아래
스러져 잠들었던 사내가
미아리 사막 전봇대 아래에서 일어나
휘적휘적 어디론가 걸어간다

산낙지는 죽어도 산낙지다

털어도 먼지 나지 않는 시를 쓰겠다고
입산한 선배가 행려병자가 되어 돌아오고
승천을 준비하는 시인들 이 땅에 강림하시라고
떠들던 친구가 만신창이가 되어 돌아오고
벗어나겠다고 어떻게든 벗어나보겠다고
뛰쳐나갔던 후배가 비렁뱅이가 되어 돌아와

때 이른 낮술을 마신다
말하지 않아도 알겠다는 듯 조용히,
그러려니 할 수 없는 게 사랑이라고
막다른 골목의 담을 뛰어넘던 한때,
세상의 도마 위에서 사정없이 도막난
그 비장한 한때의 추억들이 꼬물거리는 오후

산낙지…… 한 뼘 접시 위를 온몸으로 기어서
안간힘을 다해 접시 바닥에 짝 달라붙어서
살겠다는 게 아니라, 다만 죽지 않겠다는 것이다
삶을 포기한 지 오래지만, 삶을 포기했다는 것도
그러니까 포기한 삶을 살겠다는 것이다

무언가 증명해 보이려고 애쓰는
거덜난 육신의 한 점을 아무런 느낌도 없이
초장에 푹 담궈 입안에 털어 넣으며
때 이른 낮술을 마신다

애써 말하지 않아도 알겠다는 듯, 조용히

그리운 당정섬

덕소 외삼촌댁 너른 평상에는 팔당을 지나온 강줄기가 잠시잠시 누워 가곤 했습니다. 길게 누운 강의 머리맡으로 장대비처럼 쏟아지는 매미 소리, 흠뻑 젖으신 외삼촌께선 연신 이마를 훔치시며 들길을 걸어오셨습니다.

바람이 불면 쏴아 쏴아— 물결 소리를 내며 당정섬 포플러 숲이 출렁이고 저는 물결 소리에 땀 씻으며 강처럼, 강의 깊은 곳에서 잠들길 좋아했습니다. 저물녘 제 작은 스케치북 속에서 불타는 당정섬 포플러 숲. 저는 수채 물감을 풀어 섬을 경작하였습니다.

안개도 걷히기 전 책가방을 싸든 아이들과 푸른 채소들이 실려 나가고 들깨처럼 자라는 아이들 가락동 농산물 시장으로 팔려가는 것은 아닐까, 시름에 겨운 당정섬 텃밭으로 수건 쓴 아낙들이 나섰습니다. 포플러 숲 긴 그림자 마을을 덮으면 수제비처럼 풀어져 돌아오는 아이들, 섬 짐승들 한 번씩 긴 울음 놓을 때 포플러 숲 무성한 풀밭으로 흰 물새들 모여들고 밥 짓는 연기처럼 강이 피워 올린 안개는 마을을 감추었습니다.

여느 해처럼 매미 소리 요란하던 어느 여름, 전쟁을 치르려는지 그르릉거리며 골재 채취 장비들이 몰려오고 물새처럼 순한 주민들은 포플러 숲 그늘 짙은 얼굴로 피난을 준비했습니다. 이제 당정섬 기름진 땅은 흙과 모래와 자갈로 뿔뿔이 흩어지고 울창한 포플러 숲은 모두 베어져 젓가락 공장으로 실려갈 테지만 저의 십대는 당정섬 포플러 숲에서 수박 속처럼 마냥 익어만 갔더랬습니다.

변두리 역사

—도배

신림동 가파른 언덕에
다슬기처럼 붙어살던 무허가 주택
땀내 박힌 골방의 세간을 들어내다보면
몇 푼의 동전과 윤기 없는 머리카락들이
쥐똥에 묻어 나오곤 했다
이미 다 지나간 이야기들을 몇 마리의
벌레가 남아 수군거리기도 했다

울지 못하는 벙어리 괘종시계처럼
말수 적은 식구들 머리 위로 내려앉은
오래된 기억의 먼지들
허구한 사연들을
팡팡 두들겨 햇빛에 널어두고
가계에 얽힌 거미줄을 걷어내었다

해방전후사 같은 사진틀 속에서
누군가의 시름겨운 한숨 소리 들려왔다
얼룩진 흑백의 세월을 두 주먹 말아 쥐고
부동자세로 서 계신 아버지와
그게 사랑인 줄도 모르고, 들뜬 가슴만 가지고
아버지의 단칸방에 드셨던 어머니

햇살처럼 화사하게 펴지는 사방 연속 꽃무늬,
그런 날들이 우릴 감싸리라 믿으며

누이는 말없이 풀을 쑤었고, 말하지 않아도
속을 다 알 것 같은 누이의 어깨가 조금씩 흔들렸다
바르고 또 바르고 몇 겹을 겹쳐 발라도
어느 틈엔가 곰팡내처럼 번져오는 얼룩,
그날 저녁 밥상 위로 예고 없는 기압골이 몰려오고
가난의 가족사는 밤새 비에 젖었다

변두리 역사

—채석장

폭음이 울리면 마을은 세상으로부터 잠시 떠올랐다 산 위로 거대한 먼지구름이 일고 놀란 새떼처럼 주먹돌이 튀어올랐다 더러 동네 개들이 그 돌에 맞아 죽기도 했다.

산 깊은 채석장에도 국회의원 사진 박힌 달력이 날아들었다 국민교육헌장 빼곡히 받아쓰고 오던 벅찬 하굣길 신발주머니에 토끼풀 뜯어 담다 그대로 잠이 들기도 했다 잠 속으로 낯선 풍경들이 스치던 그해 봄 어머니께선 풍병을 앓았고 에너지 파동이 있었다 전기를 아껴 쓰자고 열심히 포스터를 그렸지만 마을엔 전기가 올라오지 않았고 내 그림은 언제나 입상권 밖이었다

무시로 사람들이 떠나고 또 밀려왔지만 그들이 어디서 오고 어디로 가는지 알 수 없었다 다만 우리도 이곳을 떠나게 되리라고 아버지께서 술버릇처럼 말씀하셨을 뿐이다 무너져내린 산 너머로 해가 기울면 산 아랫마을에 별처럼 불빛들이 돋아나고 아이들은 공터로 몰려나가 지칠 때까지 놀았다

폭음이 울리면 마을은 세상으로부터 다시 떠오르고 새들은 둥지를 버리고 일제히 날아올랐다 균열된 하늘 한쪽을 힘겹게 날아가는 새들, 마을이 떠오를 때마다 한 가구씩 이불 보따리를 쌌고 마음속으로 무수한 주먹돌이 날아들었다.

변두리 역사

—돌산

우우— 여우들이 울어 곤한 우릴 불러냈어
늙은 무당은 잠든 귀신들을 깨우고
귀기 들끓는 달밤을 우린 홀린 듯 나다녔지
버려진 아이들처럼 휘파람 날리며
젯밥에 뿌려진 동전을 주우러
꽁무니에 불빛을 달고 날아들던 아이들
삶은 돼지머리에 마음 빼앗기던 허구한 날
굿터를 순례하다 몰래 엿본 늙은 무당의 방에선
무슨 조홧속인지 요령이 저 혼자 흔들리고
껄껄껄, 산신도 별상님의 웃음소리
천둥처럼 들려왔지

벼락 맞았다는 대추나무의 전설을 돌아
일월 설화의 우물가를 돌아 얼마를 내달렸던가
쫓기다 쫓기다 어느 벼랑으로 몰렸을 여우들처럼,
세상의 어느 뒷골목으로 몰려서는
누구는 공장으로 가고, 누구는 전과자가 되고,
또 누구는 스텐드바 지배인이 되었다고도 하고

들리는 풍문에 의하면,
아이들 떠난 돌산에서 심심파적을 일삼던 잡신들
죄다 보따리 싸들고 에이 이노무 세상,
혀를 차면서 다시 올 수 없는
먼길 떠났다지

냉장고, 버려진

서늘한 정신과 공복의 가슴
참 많은 것들을 품고 싶었는데
사랑이니 희망이니 그런 것들
오래오래 품고 싶었는데
보이지 않는 것들을
믿지 못하는 당신들, 당신들이
욱여넣은 고깃덩어리와 깡통 맥주,
먹다 남긴 생선 부스러기와
썩어가는 파뿌리
이 허섭스레기 같은 나날을
견딘다는 게 정말 치욕스러웠다

무언가 품지 않으면 안 되었던
내 생이 용도 폐기되는 날
아무도 모르게 공터에 버려졌다
벌겋게 녹을 뒤집어쓰고 누워
서서히 빠져나가는 나의 영혼
아르곤 가스를 보았다
안녕, 푸른 하늘이여—
그렇게 조용히 눈감고 싶었는데
구청 직원이 달려나오고
환경 단체 감시원이 뛰어나와
쓰레기 종량제를
오존층 파괴를 들먹이며

덜렁거리는 문짝을 걷어찼고
지나가던 똥개 한 마리가
태연스레 일을 보고 갔고
썩어가는 몸속, 열린 두개골 속으로
오후 내내 파리만 들끓었다
사랑이니 희망이니 그런 것들
오래오래 품고 싶었는데

가을, 쓸쓸한 오후

낙엽이 진다
늙은 고리대금업자에게 하루를 저당잡히고
받아 가는 일당 44,440원
하루치의 배가 나오고 머리털이 빠져나갔다
늙은이는 내가 반납한 하루들로 몰래 자신의
과거를 지워나가는 모양이었다
그래도 스트레스에 시달리지 않고 자질구레한
이해득실에 얽매이지 않으니 이게 어딘가

기본급에 수당과 상여금, 담배값도 안 되는
원고료를 합하고 일수로 나눈 금액이라고
쇠창살 너머 늙은이가 중얼거렸고
한 번 매혈로 사흘 술값을 조달했다는 K씨,
나중엔 피를 뽑지 않으면 몸이 무겁고
삭신이 쑤시더라는 그의 말을 생각했다
마리화나 꽁초를 주워 들고 구석을 찾는 사람처럼
해 뜨기 전 불안한 눈길로 하루를 들고 나가는
중독된 나의 일상

중독은 황홀한 순간을 기다리는 것이다
기다리다보면 눈이 뒤집히고 사지가 떨리는
황홀한 순간이 올 것이다 오고야 말 것이다
그렇게 사흘이었던가 30년이었던가
바람 소리에 문득 눈을 뜨니 어! 청춘이 없다

속았구나 이 죽일 놈의 늙은이
그길로 달려가 고리대금업자를 목 졸라 죽이고
죄의식에 시달리다 시달리다 말라비틀어지듯
낙엽이 지는 것이다

삼성국민학교

지금은 풋내기 애주가 학생들이
센강이라 부르며 방뇨하는 도림천
3차 경제개발이 막 시작되던 무렵
그 개천을 따라 판잣집들이 즐비했다
어디서들 밀려왔는지 맹꽁이 같은 삼륜차에
이불 보따리며 찌그러진 솥단지 같은 걸 싣고 와
얼렁뚱땅 사흘 만에 집을 짓고 살았다
넘쳐나는 아이들이 개천으로 들어가
미꾸라지를 잡고 산줄기를 달릴 즈음
허겁지겁 학교 하나가 세워지고
페인트 냄새 채 마르지 않은 교실에서
우리는 속옷에 땀이 배이도록
구구단과 뜻 모를 국민교육헌장을 외웠다
한참이나 돌을 주워내야 했던 운동장
미끄럼틀이 있는 구석에선 매일 싸움이 벌어졌다
가난의 공통분모를 안고 코피 터지던 나날,
가난은 아이들에게 무슨 적의를 그렇게 심었을까
세월이 흐르고, 이제는 그 천변의 아이들도
콩나물 같던 급우들도 볼 수 없지만
새까만 일등병이 되어 첫 휴가 나왔던
어느 무덥던 오후 생맥줏집에서 나는 보았다
그 시절의 그놈, 미끄럼틀을 주름잡던 그놈이
세계 챔피언이 되는 것을

아버지의 수렵

아버지, 우리도 이제 동굴을 떠나 불붙고 있는 도시로 가십시다. 길지 않은 생이 더 짧아지기 전에 들소떼의 발길을 따라 저 화염의 언덕으로 가십시다.

어둠을 더듬어 들판을 걸어가신다. 날카롭게 들려오는 승냥이 울음소리. 가장이란 고독한 직함이로군, 긴 팔로 턱밑을 쓸어보시며,

훗날 나의 미련은 역사에 길이 남겠지, 검지에 침을 발라 헐거운 생계를 재어보신다. 별자릴 더듬어 천기(天氣)를 감지하시고,

큰곰좌 쏘아올린 화살 보이지 않는 곳에서 반짝거리고 반짝거리다 떨어지는 것이다. 긴 꼬리 남기며 거듭,

거듭 추락하는 아버지의 삶으로부터 바람이 불어와 곤한 잠을 깨고 새벽빛으로 돌아오시는 아버지 이슬 젖은 열매들을 한자락 풀어놓으신다. 아버지이——

늙은 고양이와의 대화

—풀쩍, 그가 가볍게 지붕 위에 오를 때 담장과 지붕의 거리는 바람 사나운 협곡처럼 위태롭지만 한 치의 오차를 허용하지 않는 그의 몸놀림은 아름답다. 가령 삶의 차안과 대안을(발이 푹푹 빠지는), 이승과 저승의 문설주를(빠진 발을 온갖 관념의 유령들 붙들고 늘어지는) 숨처럼 가볍게 넘나드는 정신의 날렵함 같은,

한낮의 쓰레기통 옆에서 그가 남모르는 쾌락에 빠져드는지는 모르겠다. 그러나 저 어둠, 백지 같은 공포를 호흡하며 이슬에 젖은 채 어둠을 지키고 있는 지붕 위, 나는 어떤 순결한 정신을 읽는다. 그는 밤의 사제, 어둠의 제사장인가.

요즘 무엇이 창가를 어른거린다
무엇인가, 내 풀어진 잠꼬대를 탐색하는 저 두 눈
하루를 끝내려는 시각 그는 어김없이
이웃 낡은 먹빛 기와를 타고 온다 그림자처럼,
나의 하루가 끝나는 곳에서
그의 하루는 시작되는 것이다

노곤한 베갯머리에 발톱 자국을 그어놓고
무의식의 한편을 은밀히 삼투하는 눈빛,
왜 날 불러 일으켜세우는가 이 막막한 밤중에,
언젠가 홧김에 집어던진 빈 우유팩을 그는
고스란히 새벽 창가에 가져다놓았다 유혹인가?

미명하에 드러나는 우리의 일상
그가 내 창가를 떠날 무렵 나의 하루는 시작되고
나의 하루가 끝나는 곳에서
또 그의 하루는 시작될 테지만,
그러나 모르는 일이다
내 인생이 끝나는 곳에서
그의 또다른 생애가 시작될는지

대륙풍

군인들이 떠난 광장으로
비둘기는 은륜(銀輪)처럼 날아들었다
어스름 기우는 광장을 지나
제 집으로 향하는 자전거의 행렬,
나는 공화국 말단 행정 서기관의
오랜 말동무이다
그의 뒤꽁무니에 매달린 빈 도시락처럼
나는 달그락거리고
그는 훈풍처럼 미소 지으며
페달을 늦추어 밟는 식이다
붉게 일렁이는 하늘과
들판을 가로지르는 철길을 배경으로
멀지 않은 곳에 집이 있고
집에는 쓸쓸한 누이들이 있다
공장에서 돌아온 누이들은 밤마다
좌판에서 골랐다는 영양크림을 바른다
오늘은 또 어느 사내의 등을 붙잡고 왔을까
동시 상영관 비 내리는 낡은 필름 속에서
남모르게 눈물을 훔쳐내듯 이따금씩
인생이 적막하다고 한다

향어(香魚)

독일의 생물학자가 중국의 깊은 연못에서
건져올려 씨붙이고 접붙여서
갈릴리호숫가 근처에 방생했다나요
이스라엘 잉어라고도 하는데
몸 파는 일에 자존심만큼 불편한 것이
국적이고 본명이어서
지금은 향어라는 가명으로 팔린다지요
고단백 저칼로리에 DHA 풍부한 스테미너식으로
그 뽀얀 살결은 힘깨나 쓰시는 분들의
사랑을 한몸에 받는다는데,

이 세상에서 먹고사는 일보다
성스러운 일이 또 있겠느냐고
악다구니 써가며 살아보지 않은 사람들은
모른다고 국적도 본명도 다 버리고
현해탄 건너가는 여자들이 부지기수라지요
왜정 때 북만주로, 남양군도로 끌려갔던
위안부들 얘기가 아니라
지금도 신주쿠 즐비한 술집마다
기모노 입은 남도의 처녀들이
게이샤가 되어 스트립 댄서가 되어
밤마다 뽀얀 살결로 고개 떨구며
접시에 오른다지요

우울증의 애인을 위하여

내가 마신 술들을 한순간 토해낸다면 집 앞에 작은 또랑 하나를 이루리라 그 취기를 풀어 권태로운 211번지 주민들을 알 수 없는 슬픔과 열정으로 몰아가고 나는 빈 소주병이 되었으면,

혼이 빠져나가듯 바람에 흩어지는 담배 연기를 모아 뭉게구름을 만들면 우울증의 애인을 잠시 즐겁게 할 수도 있으리라 그리고 웃는 애인 앞에서 구겨진 담뱃갑이 된다면,

내가 읽어온 책들의 활자를 풀어 벽촌의 싸락눈으로 내리게 하고 만남과 이별의 숱한 사연들을 가랑비로 내리게 한다면, 그리고 속이 텅 빈 가을 벌판의 허수아비가 된다면,

주저하다 보내지 못했던 수많은 편지의 허리 굽은 글씨들을 바로 펴 삼천리 금수강산을 그릴 수 있다면 북어 대가리 같은 사유의 흔적만 남더라도 한결 가벼워진 몸을 쉽게 눕힐 수도 있으리라

그렇게 누워 썩을 수 있다면,

제 영혼은요 거름이 되고 공기가 되어서 우울에 지친 그대 어깨 위에 잠시 머물고 잠시 머물며 썩어 거름이 되는 것들의 아름다움과 썩기 위해 우울했던 것들에 대해 이야기를 들려주고 한없이 깊은 어느 곳으로 스며들 것입니다

전후(戰後)의 가을

전후엔 방이 없었다
무너진 담벼락을 돌아
갈급한 연인들이 산으로 갔다
상처를 다스렸다
허기지게 뒹굴다보면
발에 차이는 해골바가지
어디서 살 썩는 냄새가 났다

으스러진다는 것,
실오라기 같은 잎맥까지
타들어가고 타들어가서
해골바가지에 고인 물을 마시고
득도하듯
전후에서 세기말까지
가볍게 세상을 부유하다
내 발 앞에 떨어지는
전생의 푸른 이파리 하나

연애편지를 쓰는 밤

당신이 마련하신
기쁨과 고통의 행사에
초대해주셔서 감사합니다
이미 몇 명이 다녀가셨다지요
꽃을 준비하지 못한 건
시들지 않는 기쁨을
선사하고 싶어서였습니다
그러나 시들지 않는 꽃이란 게
끝내 사그라지지 않는 사랑이란 게
있기나 하던가요
살아 있음을 인생이라 하고
피어 있을 때만이 꽃이라 하고
고통을 기쁨으로 받아들일 때만이
사랑이라 하지 않던가요
믿을 수 없는 것들이지요
그대의 문을 두드리지 못한 건
이 믿을 수 없는 마음을
주체할 수 없어서였습니다
용서하십시오

문학동네포에지 090
우울증의 애인을 위하여

초판 인쇄 2023년 12월 10일
초판 발행 2023년 12월 22일

지은이—정해종
책임편집—김민정
편집—유성원 김동휘 권현승 유정서
표지 디자인—이기준 이혜진
본문 디자인—이혜진
저작권—박지영 형소진 최은진 서연주 오서영
마케팅—정민호 박치우 한민아 이민경 박진희 정경주 정유선 김수인
브랜딩—함유지 함근아 고보미 박민재 김희숙 박다솔 조다현 정승민 배진성
제작—강신은 김동욱 이순호
제작처—영신사

펴낸곳—(주)문학동네
펴낸이—김소영
출판등록—1993년 10월 22일 제2003-000045호
주소—10881 경기도 파주시 회동길 210
전자우편—editor@munhak.com
대표전화—031-955-8888 / 팩스—031-955-8855
문의전화—031-955-2689(마케팅), 031-955-8865(편집)
문학동네카페—cafe.naver.com/mhdn
인스타그램—@munhakdongne / 트위터—@munhakdongne
북클럽문학동네—bookclubmunhak.com

ISBN 978-89-546-9790-3 03810

www.munhak.com
문학동네